李清照集

〔宋〕李清照 著

张一南 编校

山东文艺出版社

据王仲闻《李清照集校注》（人民文学出版社，1979年版）精选整理

目录

闺门多暇

（二十四岁至三十七岁）

离怀别苦

（三十八岁至四十二岁）

李清照小传——闺房中的士人

词学家叶嘉莹先生曾说："我是穿裙子的士。"意思是说，她虽身为女性，却完全是在按古代士人的方式行事。随着时代的发展，相信"穿裙子的士"会越来越多。但是在古代，闺阁中人能有"士"的学识和德行，就非常不容易了。在屈指可数的几位古代女性文士中，李清照大概是最为今天的普通人所熟知的了。

今天的女孩子，但凡会写两句诗词，都难免有过被称为"当代李清照"的经历。说这话的人，未必对李清照有多么深的理解，大概只是觉得这是夸才女的话。说李清照是才女，当然是没有错的。只是今天的人大多忘记了，李清照是什么样的才女，而才女又为什么这么可贵。李清照被奉为才女的代表，其实背后有着深厚的文化积淀。

封建时代，绝大多数的文学家都是男人。这是因为女人比男人笨吗？当然不是。只是因为，当时的生产力水平，不足以供养所有有天分的人读书。是保证公平而让所有人都无法受到充分的教育，还是保证效率而只供养一部分人？几乎所有民族都会选择后者，因为只有这样，才能让文明的进步一点一点积累下来。而被牺牲掉的，除了平民，还有女性。从功利的角度讲，男性之间的竞争显得更为激烈，男性读书获得了功名，可能意味着命运的巨变，而女性即使不受教育也不至于“嫁不出去”，所以，资源有限的家庭总会选择先供男孩读书。女性受不到教育，当然也就没机会成为文学家，或者取得其他成就。封建时代“才女”的稀缺，反映的是女性教育的不足。

那么，在女孩子普遍缺乏教育的时代，谁家的女儿可以受到好一点的教育呢？当然是高门士族的女儿。封建时代，高门士族衣食无忧，又重视读书，可以在家塾中给自家子弟提供良好的教育。既然是自己家的家塾，家长也就不会反对女儿小的时候跟着“旁听”。到后来，开明一点的家长，还会专门为女儿聘请“闺塾师”。女孩不能考功名，如果不爱读书，家长自然不会逼她们。但聪明爱学习的女孩，在这种环境里还是能学到不少东西的，于是就有机会成为“才女”。一个家族出了“才女”，说明这个家族可以为子弟提供良好的教育，在文化心态上也较为从容、开明。也就是说，这个家族已经有了一定的地位，是中国的“贵族”了。能像男性士人一样在文学领域有所开拓的女性，多是士族的闺秀。

另外，一些以写诗为卖点的名妓也被称为“才女”。但实际上，她们被要求学习诗词，是出于极为功利的目的。她们的教育条件无法与闺秀诗人相比，更不像她们有全面发展的自由。她们的诗句偶有清新可喜之处，但总的来说，她们的创作水平远远不及同时代的男性文人。她们的“才女”名气，更多是男权文化“捧”起来的。仅从创作的角度论，闺秀诗人的水平是远远高于青楼诗人的。

在中国古代，女孩读书不一定受到鼓励，但才女是受到鼓励的。能培养出一个闺秀才女，是父亲的光荣，说明他的家族是体面的；能娶到一个闺秀才女，是丈夫的光荣，甚至公公的光荣，这也说明他们的家族是体面的。这也许不符合今天女权主义的理想，但至少，家中的才女一直被中国人当作荣耀，而非“阁楼上的疯女人”。

这些闺秀才女，除了不能出门建功立业，其实在闺阁中处处模仿士人的风雅趣味。无论是诗词歌赋，还是琴棋书画，男性文人喜欢的，她们也都喜欢。她们不但像男性一样斗茶饮酒、结社唱和，甚至也像男性一样心忧天下，与父亲、丈夫、儿子一起分担着国家社稷的命运。她们的一生，就是一个士人生而为女会有的样子。

随着时代的进步，这种闺房中的士人变得越来越多。汉魏六朝只有零星几人，到明清则形成了一个可观的群体。而如果在“时代早”和“传世作品多”之间寻找一个平衡，那么两宋之际的李清照就成为一个理想的“才女”典型。李清照的身上汇集了“才女”的种种元素，当后世的人们再谈论士族才女的时候，就会自然地想起李清照。李清照不仅是宋代的才女，也是汉唐以来才女形象的集合，明清以下才女形象的投射。

由于才女的稀少，一些人在看到才女时，会更注意她们“女”的一面，会尽可能地将她们想象得美丽、优雅、柔弱。但实际上，士人们最初欣赏才女，是更多地看到了她们“才”的一面，是欣赏她们虽然生为女子，却仍然具有一定的学识和才华，能做一些传统男子才做的事。比起多数女性，才女其实是更为男性化，或者中性化的。才女是文明开出的花，有自己的生命，与文明的根基血脉相连，而并非另一个性别衣帽上的点缀。

把李清照当作“女”来审视的人，自古就有，但李清照真正的价值，还是在她“才”的一面。我们今天读她的诗词，回顾她的人生，还是应该把她当成一位生活在闺房之中的士人来理解。

士族娇女

李清照出身于书香世家，这是造就一位才女的必要条件。

李清照的父亲李格非，一辈子都在做掌管文化教育的官，是典型的清流官。靠读书起家的人可以叫“士”，做到五品官以上的人可以叫“大夫”；所谓“士大夫”，也就是做了大官的读书人。李格非进士出身，做官也都是跟念书有关，是特别标准的“士”，但是很晚才做到五品官，“大夫”的属性有点勉强，只算是巴了个边。

李格非是一位纯粹的读书人。可以想见，他这样的典型清流官，收入不会太高。他做郓州教授的时候，郡守曾想让他兼任点有油水的差使，却被他拒绝了。可见在李格非的心目中，权势和金钱都不重要，读书人的清白和逍遥才是重要的。李格非诗文写得很好，人又是端方君子，所以与年长他十来岁的苏东坡交情不错，算是苏东坡的后学，为“苏门后四学士”之一。

李格非的岳父，也就是李清照的外祖父，是做过宰相的王珪。王珪在文学史上地位不高，但在当时也是经常陪在皇帝身边写应制诗的人物，入选《千家诗》的《上元应制》就是他写的。李清照的母亲也是一位大家闺秀。外祖父的文采风流，应该也对李清照产生过方向性的影响。可惜，李清照一两岁时，生母就去世了。她的继母是另一位宰相王拱辰的孙女。这位继母的娘家侄女后来嫁给了秦桧，不过，这就跟李清照没什么关系了。

有趣的是，李格非是赵郡李氏，而王珪是琅琊王氏，这两个姓氏放在汉唐之间，都是响当当的“名牌”。琅琊王氏在南朝曾是傲视群伦的最高门阀，赵郡李氏在唐代还是“山东五姓”之一，不跟普通人通婚的。按一般的说法，这些山东高门在宋代已经没有什么影响力了，不妨认为王家和李家结亲是偶然的。不过话说回来，山东高门在唐代也没有什么法律上和选举上的特权，他们的优势本来就体现在文化方面。山东士族子弟只是能接受到较好的教育，大致相当于今天的名牌大学毕业生。那么，山东高门在宋代是否还具有一定文化优势呢？这或许是需要继续思考的问题。总之，李清照出身于有着古老文化传统的士族家庭。

这样的家庭，大概不会把孩子养得骄奢淫逸，但是在子女教育方面，一定不会吝啬。李格非给女儿取了一个跟别的女孩子风格不太一样的名字：清照。这个名字一听就是大家闺秀。大家闺秀的名字也许会柔美一点，但不会有太明显的性别指向。“清”是士族的审美标准，代表了清净、清朗、清高等诸多美好的意义，士族被称为“清流”，区别于一般流俗。“清照”可以解释为清明的阳光，也可以解释为用“清”的眼睛去观察，用“清”的头脑去思考。名字是父母对子女的期望，四十多岁才得到这个女儿的李格非，并不期望自己的孩子怎样贤淑贞婉，而是希望她能清高清净，能够聪明智慧。这个要求没有很重的功名心，但完全可以是对一个士族男孩的要求。李格非肯给李清照取这样的名字，想必是希望她像男孩子一样读书，像男孩子一样独立思考的。

李清照的作品，特别是小令，大多遵循乐府的创作规则，没有特别明显的时间特征。我们无法断定她的哪些作品写于少年时代。我们只能说，李清照的一些作品，反映了她少年时代的生活。

李清照笔下的少女，过着随心所欲的生活。她可以像男孩子一样，在湖光山色中喝酒喝到沉醉，划着船回家去。她可以在家里玩秋千玩到汗流浃背，看见客人来了就躲进屋里去。她也会住在精致的闺房中，感伤窗外的风雨摧花。但即便如此，她也会不拘陈套，想出“绿肥红瘦”这样奇特的词语来；还耍小姐脾气，埋怨婢女没有她那样细微的感受力。相对于那个时代的其他女孩子，李清照的少女时代可以说是非常自由了。

李清照少女时代，大概是住在济南老家，享受着美好的风景和无拘无束的生活。到了十六七岁，她跟着时任礼部员外郎的父亲来到了汴京。这时候，她还得以向“苏门四学士”中的张耒和晁补之请益诗文，这样的机会，是男性的寒门学子都求之不得的。当时李清照还和了张耒两首诗，写的是七言古诗，吟咏安史之乱的历史事件。从这两首诗来看，小小年纪的李清照，不但笔力已非常雄健，诗学造诣已达到了当时一般男性诗人的水平，而且其文史知识、胸襟眼界，也都不在读书求仕的男性之下。

十八岁的时候，李清照嫁给了赵明诚。赵明诚跟皇上一个姓，他们家据说是闲散宗室。赵明诚娶李清照的时候，他父亲赵挺之正在做吏部侍郎，官阶比李格非稍微高一点，而且更有实权。赵明诚本人这时候是太学生，是朝廷重点培养的青年才俊，可以说是有着大好的前程。赵家能娶到李清照，固然是他们的无上光荣，而赵明诚的门第才华，也是完全配得起李清照的。

李清照的新婚生活，应该是很幸福的。她的夫婿衣食无忧，又暂时不用担负什么社会责任，可以和她一起读读书，谈谈诗文，鉴赏鉴赏古董。也许有时候，李清照也会像世间的一切小媳妇一样，跟夫婿撒撒娇，或者变着花样地打扮给夫君看。她并不知道，正有一场严峻的考验等待着年轻的他们。

党祸株连

就在李清照结婚的第二年，宋徽宗开始清算“元祐党人”了。所谓的“元祐党人”，不是一个党，而是指以司马光、苏轼为代表的一批士人，因司马光在元祐年间执政而得名。这些“元祐党人”大多反对王安石新法，但他们之间并没有要拉帮结派的主观动机，更不可能有什么组织名单，基本上就是皇帝认为你是，你就是了。宋徽宗和他身边的著名奸臣蔡京认为，这些“元祐党人”是会不利于皇帝的统治的，所以对他们进行了残酷打击。蔡京立“党人碑”于端礼门，由宋徽宗亲自题写碑额，把被打倒的“元祐党人”的名字刻在石头上，算是做成铁案。

在后人看来，“元祐党人”都是和苏轼一样的人，是清流君子。从某种意义上说，名字上了“党人碑”，甚至是一种光荣。但对于当时活着的人来说，名字上了“党人碑”，就意味着灭顶之灾。不出意料，性情刚正且与苏轼过从甚密的李格非上了“党人碑”，被打成“奸党”。

与此同时，李清照的公公赵挺之却一路高升。甚至赵明诚都在这时候出来做官了。看起来，赵家是坚定地站在皇帝这一边，不准备为“奸党”说话，也不准备为亲家说话的。这时候，李清照一定非常难过，也非常不安。

这时候的李清照，做了一件男性士人喜欢对上级做的事：上书。上书的对象是她的公公。她劝说公公，要顾及人伦亲情，不要为朝堂上说不清的事，与亲家为难。这件事，李清照做得很有书生气质，也显得很有见识。可她还是太年轻了，毕竟还是大学低年级的岁数，所以会幼稚地以为，一封言之有理、文采飞扬的书信，真的可以动摇大人的决定。赵挺之当然没有理会她。

又过了一年，朝廷对“奸党”的打击越发严厉。皇帝下旨，宗室不可以和“奸党”家属通婚，已经定亲的也要取消。赵明诚恰好是赵家人，李清照恰好是“奸党”的女儿，这道残酷的圣旨简直是为他们量身定做的。李清照虽然已和赵明诚成亲，但他们的婚姻只有短短两年，也没有孩子，如果这时候赵家为了避免麻烦，不再承认这门婚姻，也只能算是奉旨行事。

就在这时，李清照离开了赵家，跟随父亲回到了济南老家。我们不知道，临别的时候，赵明诚跟李清照说了什么，给了她什么样的承诺。这对夫妻的第一次离别，不是丈夫出远门，而是妻子出远门。这不是普通的游学游宦所致的离别，很有可能成为真正的离异。

放在今天，二十岁的大学女生是何等娇嫩敏感！男朋友少接一次电话，考试成绩一次没达到优秀，都会令她们忧心忡忡、胡思乱想。同样年纪的李清照，却承担着那么大的压力。她的父亲在政治上受到最严厉的禁锢，完全看不到平反的希望。她的婚姻也被朝廷禁止。她的爱人如果忠于她，势必也会承受巨大的压力；而她的爱人如果想要背叛她，却是再容易不过的。她今生还能回到爱人身边吗？如果不能，她也许要就此孤独终老，陪伴着终身不再被起用的老父亲。她完全无从为改变自己的处境做任何努力，只能指望丈夫的爱情。在最容易焦虑的青春年华，李清照落入了非常值得焦虑的处境。

那首著名的《一剪梅》写的也许就是这样的心情：年

华空度，转眼又是秋天。我换上便利的装束，坐上童年撑过的小船，到家乡的湖面泛舟。我那如隔云端的爱人，什么时候才能再给我写信呢？大雁又飞回来了，他的音信却没有回来。飘零回乡的我就像落花，变幻无常的世事就像流水，无情地将我载向未知的命运。远方的爱人也在思念我吧，他的心也仍然是和我一样没有改变吧？这种忧虑的心情怎么才能排除呢？我控制自己不再皱眉头了，但是那份沉重却压上了心头。

这凄美的诗篇，诉说的不仅是爱情的绝望，也是青春的彷徨与对人生的焦虑。

幸运的是，这种令人焦虑的闲居生活仅仅过了三年，“元祐党人”就平反了，“党人”与宗室的婚禁也就不存在了。李格非又回到了汴京，李清照自然也跟随父亲回京，与丈夫团聚。第二年，赵挺之和李格非都去世了。李清照随赵家迁居青州，与赵明诚重新过上了琴瑟和鸣的生活。

闺门多暇

李清照在青州从二十四岁住到三十八岁，那是一段颇为幸福的时光。李清照和赵明诚都有很多的闲暇时间，各自从事学术研究。赵明诚专心研究文物，撰写了金石学名著《金石录》的主要部分；李清照则潜心研究词学，撰写了词学史上著名的《词论》。这一对夫妇，都为中国传统学术做出了非凡的贡献。

在李清照的时代，小令已经有数百年的历史。李清照一生写有很多小令，其创作结构其实是偏于保守的。她不仅仅是会写，更是有研究，以研究指导创作，是一位学者型的词人。李清照在《词论》中梳理了五代以来小令的历史，指出词是乐府，是音乐文学，有自己的创作规范，跟诗和文章是不同的。这是独到的学术见解，是在为已经开枝散叶的词体争取地位，也表明了她自己的创作理想。

在学术研究之余，李清照与赵明诚互相鼓励、互相陪伴。他们发明了“赌书”的风雅游戏，一人说一件事，另一人就猜这件事在哪本书的第几卷，乃至第几页第几行。李清照博闻强记，赵明诚经常输给她。“赌书”游戏别致而又风雅，如果不是夫妻俩都有大学问，是玩不起来的。

这样长达十几年的相守岁月是很宝贵的，因为对于中国古代的士族夫妇来说，聚少离多才是常态。士族男子心怀天下，注定要四海为家，到处求学和做官。限于古代恶劣的交通和治安条件，他们的妻子无法随行，只能留下照顾家庭。更不必说，当时人均寿命短，很多士族男性英年早逝，他们同样接受士族礼教的妻子有着不改嫁的观念，可能会年纪轻轻就开始守寡。几千年来，士族女性几乎是生下来就注定要面对长年独居的命运。因此，独守空闺成为士族女性的常态。能和夫婿朝夕相处，反而需要意外的好运气。

在与夫婿相伴的十几年中，正值盛年的李清照没有留下多少写作时间明确的作品。人在幸福的时候，是不适合写诗的，即使勉强写些生活琐事，也很难产生优秀的作品。在我们的印象中，诗人的形象总是愁苦的，那是因为他们开心的时候不写诗。李清照也是如此，她也有过幸福的光景，甚至比其他士族女性幸福的光景还要多，只是她很少在诗词里书写幸福而已。幸福的日子，更适合安稳地做学问。

在青州，李清照夫妇把全部收入都用来收集金石古籍了，自己过得很俭朴，从不添置首饰华服，甚至饭菜都吃得很简单。虽然物质生活清贫，但他们收获的精神享受，远在那些声色犬马之上。

李清照还在庭院中种了一棵梅花。当时，在北方种活梅花还是一件不容易的事，所以很稀罕。北方的士大夫还不太咏梅，因为见得少。但如果谁家有梅花，那是很风雅的，甚至有人种杏花来代替梅花。李清照一生，写了很多吟咏梅花的作品。有的梅花是她在南方遇见的，映照着她国破流离的悲哀。而另一些梅花词却是平和喜乐的，伴随着词人在闺房中娇嗔慵懒的形象，这些写的大概就是她在青州的那棵梅花了。在青州的梅花词，在李清照的作品中不算是最好的，却见证了那一段幸福安宁的时光。

在这段日子里，唯一能让李清照写出佳作的动力，仍然是与赵明诚的别离。赵明诚此时虽然不用出去做官，但总难免会有短暂的出行。这大概是这段时间李清照唯一的烦恼，所以，即使别离不长，她也会写词。

著名的《醉花阴·薄雾浓云愁永昼》就是为青州时期赵明诚的某次外出而作。这首词写得很深情，赵明诚看到这首词后，一下子回了五十多首词。有人说，赵明诚写这么多词，是为了压过李清照。其实，这个说法不符合人之常情，士人夫妇的日常相处模式不会是这样的。赵明诚此时的心理，大概主要是觉得，妻子写词给自己，还写得这么好，这件事很风雅，很令他骄傲。赵明诚自己也是个文人，文人遇见风雅的事，天然是会有创作热情的。更何况，自己一向爱恋倾慕的妻子，对自己有一点爱的回应，也是一件格外值得感动的事。当然，文人之间相互唱和，总是会有一点互相竞争的意思。夫妇也算是一种朋友，文人夫妇之间的唱和也不例外。但是这种竞争也是风雅的，是友好的，是出于互相之间的钦佩，是不具有攻击性的。不过，赵明诚虽然很有创作热情，但发挥出来的水平似乎并不理想。赵明诚把李清照的原词混在自己回的词里，拿给朋友看。朋友看完，指着李清照原词说，这首最好。

为什么会这样呢？这个故事是否说明赵明诚文化水平太低，配不上李清照呢？并非如此。

第一，这个故事是赵明诚讲的，那么他就会抬高妻子，贬低作为陪衬的自己。夸大别人的长处，是一种社交礼仪。更何况，娶到才女是中国士人的荣耀，把妻子夸得好一点，他自己仍然与有荣焉。妻子写得比丈夫还好，也说明丈夫娶妻的品位不低。要是一个大男人吹嘘自己比老婆写得好，就显得没劲了。

第二，写诗是要看状态的，真情实感的作品，总是每个人最好的作品。李清照这首词，确实是有感而发，完全是因为寂寞和相思无法排遣才写的，所以发挥得特别好。而赵明诚的创作却是被动的，他是因为看到妻子的词有些不服气，才写了五十首词，而不是自己真的有特别不一样的情绪要发泄。一般来说，被动的创作都不如自发的创作。赵明诚是在拿自己发挥比较差的作品去比李清照发挥最好的作品。

第三，不可否认，李清照的创作水平是要比赵明诚高一点的，李清照足以进入文学史，而赵明诚只适合进入学术史。但是，“进入文学史”是一个太高的要求，一代人中，能进文学史的也就那么几个，怎么能要求一个家庭就出两个呢？事实上，两个人只要都具备基本的文学素养，能写得像回事，就算是在文学上很有共同语言了。赵明诚的文学素养早已达到了文士的标准，虽然李清照更出色一点，但也不能说他配不上李清照。

我们只能说，赵明诚是个很有福气的人。在最优秀的男性士人也难免娶文盲为妻的时代，赵明诚娶到了李清照这样的旷世才女；这位才女还这样地爱着他，为他写出了文学史上的名作。这件事实在是让赵明诚脸上有光，甚至惹人嫉妒。后世的男性文人娶不到李清照，所以就对赵明诚的形象多有诋毁，也是可以理解的吧。

离怀别苦

李清照终于还是迎来了士族女性命中注定的苦难。在她38岁的时候，赵明诚终于复出，去莱州做太守了。这是李清照人生中第二次与赵明诚分离。

人们印象里的李清照总是在空闺中等待着夫婿的形象。这首先是因为她的这类作品数量多、质量高；其次是因为这个形象是典型的士族女性形象，千百年来引发了无数才女的共鸣，叠加了无数才女的经验。李清照成为重要的文化偶像，很大程度上因为她是独守空闺的士族女性的代表。

事实上，李清照与赵明诚的这次分离也没有多久，大概只有半年。李清照几乎是稍微收拾了一下家里，就跑到莱州，去找赵明诚了。

在士族女性里，李清照真算是和丈夫相处很多的了。在不多的分离中，李清照写出了那么多抒发离怀别苦的作品，写得那么好，这是因为苦难激发出的创造力总是惊人的。女性诗人最好的作品总是出在与爱人别离的时候，就像男性士人最好的作品总是出在贬谪的时候。这些不幸的经历也许在他们的人生中只占很短的一段时间，却为他们定格了文学史上的“标准像”。

第二次分离，李清照少了少年时的惶恐不安，多了对丈夫的依恋。二十年的夫妻，和赵明诚相依相随已经成为她的一种生活习惯。突然的分离，让她觉得百无聊赖。在古代，三十八岁已是做祖母的岁数，还这么“黏”着丈夫，难免会被人笑话。不过李清照好像不在意，这也许是因为她的真性情吧。词这种文体，就是要求词人把不好意思说的、一闪而过的念头都记录下来，直接而又精确地表现出来，只有真性情的人，才能成为优秀的词人。又或许，这也是老夫老妻之间的一种情趣，因为双方都有了年纪，所以才越发敢说缠绵的话，有点开玩笑的意思。这种意趣，也是词应该有的。

不知何故，李清照终生没有孩子。即使在古代士族社会，这件事也没有想象中那么严重。正妻没有孩子，妾有孩子也是一样的，只不过赵明诚也没有跟妾生孩子。又或者，娶到才女的光荣，足以盖过没有孩子的失落了。

李清照的词常有清冷落寞的感觉，但这种清冷落寞只是词体追求的审美效果，在很多人生得意的男性词人的作品中也可以见到。如果把这种落寞解释为没有孩子的遗憾，甚至解释为受到了丈夫的冷落，就难免有点牵强了，不是读诗词的读法。特别是思念爱人的诗词，写自己寂寞，其实就是写自己对爱人的深情，写爱人在时的恩爱。

追随丈夫到莱州之后，李清照又与赵明诚朝夕相处了。这段日子，也没有在她的词中留下印记。

南渡孀居

按照迷信的说法，丙午、丁未是大凶之年。靖康之难就正好发生在丙午年的腊月，实在是令人痛心的巧合。这时候，李清照四十三岁。接下来的丁未年，形势更为严峻，北宋灭亡了。在接下来的几年里，赵明诚辗转在南方做官，时时面临着金兵的威胁。李清照也跟着他颠沛流离。

有人说，在这段动荡的日子里，赵明诚曾在金兵围城之时抛弃过李清照。其实，丈夫在战乱时“抛弃”妻子，可能有各种不同的情况。“兵荒马乱”这个成语，不是随便说的，战争状态是很混乱的，女性在其中则面临着更大的危险。打仗的时候，丈夫觉得妻子是累赘，不顾她的死活把她扔下，是常有的事。但更常见的是，丈夫把妻子安顿在一个相对安全的地方，然后自己去执行某种使命。在这种情况下，被留下的妻子也会经历种种艰苦，甚至死亡的威胁，形同被丈夫抛弃。但从动机上讲，丈夫并不是抛弃她，而是保护她。当然，如果日后要数落这位丈夫的罪状，可以把这种情况说成是抛弃。

在离乱的日子里，李清照夫妇仍然尽全力保护他们一辈子辛辛苦苦收集的文物。赵明诚从江宁知府的任上下来，把李清照安置在池阳，又独自去湖州上任。临走的时候，他嘱咐李清照，万一遇上战乱，逃难的时候要带上文物；实在不行，一般的古籍字画就不要了，但是那几件礼器，一定要带在身上，只要人还在，就不能丢。李清照也表示了同意。乍一看，这对夫妇未免过于“舍命不舍财”了。其实，对他们来说，这些文物早已不是单纯的财物，而成为一种精神寄托。这句话，更多表达的是这对夫妇此时的心情。文人对于所爱之物的痴迷，可以达到这个程度。

不久之后，赵明诚就染疾去世了。李清照在安葬了丈夫之后，随着朝廷的行踪一路南奔，她和亡夫看得比命还重的收藏之物也大半遗失了。直到绍兴二年，李清照才在杭州安顿下来。

有一种流传甚广的说法认为，李清照有过第二次婚姻。这个说法出现得很早，在几乎同时代的笔记中就可以看到，甚至还有一篇不知真假的李清照自述为证。据说，李清照惑于一个叫张汝舟的军官的花言巧语，跟他结了婚，她遗失的文物都是被张汝舟骗去的。

这个说法最经不住推敲的地方就在于时间问题。李清照丧偶的时候已经四十六岁，又流浪了三年，到杭州时，已经四十九岁了，这年龄在古代已经逼近多数人寿命的极限，是标准的老人了。即使是今天的女性，只要衣食无忧，很多人到这个年龄也会选择不再结婚了。而李清照到杭州后，很快就以单身的身份出来活动，直到去世一直孀居，一直有诗词记录。再婚的时间实在很难安排。

唯一可以利用的时间是，李清照到杭州后，有半年没有出来，这期间她还生了一场重病，病到“萧萧两鬓华”。正常的解释是，这半年她一直在生病。如果非要安排她再婚的话，就只有这半年了。

半年的时间，要生重病，要结婚，要离婚恢复单身，在结婚之前还要培养感情，在离婚之前还要闹离婚，实在是太紧张了。我们姑且认为张汝舟为了骗取文物，以光速跟李清照闪婚闪离，勉强来得及。但这样的话，好像也不是太惨。于是又有人给这个故事添枝加叶，说李清照婚后被张汝舟家暴，忍无可忍之后到官府去告状。按照宋朝的法律，妻子告发丈夫是要进监狱的，李清照是以进监狱来换取离婚的。这样一来，就够惨了。麻烦的是，妻子告丈夫，刑期是两年，这样一来，时间就又不够用了。发现了这个问题的人们只好说，李清照托了关系，关了九天就出来了。总之，这个版本的故事充满了现代社会都无法想象的速度感。

那么，如果我们把这个故事看作谣言，造谣者的动机是否充分呢？简直太充分了。在古代中国，才女远比普通女性更有吸引力。男性对可望不可即的女性难免有种种幻想。一些不够高尚的男性，听说这样一位才女竟然孀居终老，难免会觉得惋惜，甚至会幻想：“既然如此，我能不能有一次机会呢？”再猥琐一点的人，会对美好的事物有一种天然的敌意，总想着用市侩心理去诠释自己无法理解的崇高，把偶像拉进凡尘，给圣洁加上卑污的注脚。李清照的优越，是男权社会中的很多男性都无法企及的，这让习惯了男尊女卑的他们十分不甘心。于是，他们就会安排与亡夫情比金坚的她再婚，安排博学多识的她被读书不多的男性欺骗，安排受到万众景仰的她被小人欺辱，甚至安排上家暴、牢狱等极端的细节，来满足某些变态的窥视欲。这个故事的每一个细节都是适合市井口味的流行元素，让人很难相信现实中的事是这么严格地按照传播学的要求发生的。李清照再婚的故事，作为文学文本很有意思，但作为史学文献，实在不好轻易采信。

造谣者显然忽略了一些他们不容易接触到的细节，例如，李清照孀居时已经多大年纪了，李清照在临安闲居的时间是多么短暂，其后马上投入了多么丰富的社会活动。他们想象，赵明诚去世时李清照仍然年轻貌美、柔弱无依，想象她孀居之后就隐姓埋名、行迹难测，因而可以很轻易地沦为一个男性的附庸。他们无法想象，和一切有才华、有地位的男性一样，李清照也有一个体面的晚年。

病势稍轻，李清照就投入了广泛的社交活动中，与南渡士林的高层吟咏唱和。

早在南渡流离之时，李清照的创作题材就发生了重大的变化。与所有的南渡士人一样，李清照将关注点转移到了国家命运上来。南渡途中，她写下了著名的五绝《乌江》，思考国难关头的生死选择；写下了五绝《咏史》，思考士林该拥立什么样的王朝继承人的问题。在这样的作品中，看不到一丝的女性色彩，有的只是心忧天下的眼界、融贯古今的智慧。她还写下了风格特异的《渔家傲·天接云涛连晓雾》。这首词意象奇崛，关怀前路的崎岖，思考学人的归宿，也是毫无脂粉之气。唯有那一叶孤舟飘荡于大海，渺小的舟中之人昂首与天帝对话的意境，透露出女性面对命运时特有的悲壮与坚韧。

文学本不必以雄健与柔美区分高下，只不过，人在最苦最难的时候，生命情绪得到最大的激发，总会偏向雄健一路。李清照少女时代就曾写下豪迈雄健的七古歌行，她后来填词以婉约为主，并非笔力不逮，而是经过词学研究后主动选择了这种风格。在非常时期暂时改换风格，也是不足为奇的。这只能说明，靖康之难对她的触动是很大的。

在临安病愈后，李清照曾参与送别出使金朝的枢密院长官韩肖胄，送上了古、律诗各一首，雄健的笔调，比少女时代有过之而无不及。据李清照自己说，她的祖父和父亲都与韩肖胄有旧。如今长辈和丈夫都已去世，只剩下她一个女子代表家族与故人酬答。

这一时期，李清照还写有怀古诗和分韵诗，前者是她登临游览的产物，后者则是她与其他文士唱和的证据。这些行为，都与男性文人无异；写出的诗，也是眼界阔大。说明此时的李清照，是以男性士人的方式出现在人们视野中。

李清照还为南宋朝廷作过一批节庆帖子。帖子相当于给宫廷人物的节庆贺词，一般是由翰林学士撰写。这一回轮到李清照来写，恐怕与流浪大宋一时人手不够有关，但也说明在当时人的心目中，李清照的文坛地位可以相当于翰林学士了。

李清照在南宋受到特别的尊重，主要的原因不是“女孩子写成这样就不容易了”，而是因为她承载着人们对北宋士族风流的记忆。她是王珪的外孙女、李格非的女儿、宗室宰相赵挺之的儿媳、金石学者赵明诚的妻子。两宋之际战乱惨酷，文士凋零，到这种时候，人们会感觉，见不到李格非、赵明诚，能见到他们的女儿、妻子，也是一种安慰。人们看到她，就会怀念起那些逝去的风流人物。更何况，她本人也的确是一流的学者、词人。每一个有着这样身世、才学而成功南渡的人都是国宝，性别在这里已经很不重要了。李清照在人们眼中，已经成为宋文化的一个象征。

我们应该理解，与李清照时代接近的人，最初整理李清照的作品，评述她的创作，也大多抱有在中华文化危亡之际存续北宋风流的动机，而不仅是出于闲情逸致，收集一个闺中美人的作品。李清照之所以重要，不仅是因为她代表了典型士族女性的形象，也是因为她代表了典型南渡士人的形象。

南渡以后，除了交际性的写作，李清照也创作了大量高水平的闺阁题材的词。与所有的学者型作家一样，李清照在晚年达到了新的创作高峰。

李清照遭遇靖康之变的年龄，与杜甫遭遇安史之乱的年龄相近。在技巧已经成熟的时候，李清照迎来了巨大的家国之难。好诗是需要不幸的经历来滋养的，贴近人的内心感受的词更是如此。“国家不幸诗家幸”，国家的动荡，比承平之世的贬谪更能带来好诗，正如在爱情中，爱人的永逝比短暂的分离更能带来好诗。很不幸，或者很幸运，这两种厄运同时降临在了李清照身上。

李清照是一位长寿的作家，活到了七十三岁。从靖康之变到去世，她经历了长达三十年的哀伤岁月。在晚年的创作中，她思念着去世的丈夫，在这绝望的离别中，描摹着独居的生活，诉说着老病与寂寞；她更思念着金兵铁蹄下的故土，在这永远的流放中，描摹着异乡的风景，诉说着对往昔的思念。她一生中最丰富、最动人的作品，像《永遇乐·落日镕金》《声声慢·寻寻觅觅》，都诞生于这个阶段。

李清照生活于中国由士族社会转向平民社会的时代。士族制度日趋瓦解，士族精神却并没有随之消亡，而是落在了每一个普通中国人的心中。越来越多在典型士族社会中没有发言权的人开始发出自己的声音，甚至成为文学家。他们可以是贩夫走卒的儿子，也可以是士大夫的女儿。如果没有之前士族文化的积淀，就不会造就李清照这样的才女；如果没有之后越来越多元化的社会风气，李清照就不会收获越来越多的追随者。李清照所代表的才女文化，是士族文化的新形态，也是中国文学在近世繁盛起来的新传统。

士族娇女

（二十岁以前）

相对于那个时代的其他女孩子，李清照的少女时代可以说是非常自由了

如梦令

反映了李清照少女时代的生活。有较大的水面可以划船，当是济南老家。作品的语调非常活泼。

常记溪亭[1]日暮。沉醉不知归路。兴尽晚回舟，误入藕花[2]深处。争渡。争渡。惊起一滩鸥鹭。

1 溪亭：溪边亭阁，一说为地名或泉名。
2 藕花：荷花。

如梦令

《如梦令》是一个节奏轻快的词牌，以风趣为主。这首词虽有惜花之意，却不是悲伤之语，写出了士族娇女的天真活泼，有一点任性。这首词反映的也当是李清照早年的生活状态。

词中的“卷帘人”，一般认为是侍女，但也有学者认为是赵明诚。这首词也可以理解为新婚才女在丈夫面前的娇嗔，埋怨同为诗人的丈夫不解风情，对周围环境和妻子的心情不够敏感。年华流逝的淡淡忧伤，掩盖不住新婚的喜悦。

昨夜雨疏风骤。浓睡不消残酒。试问卷帘人，却道海棠依旧。知否。知否。应是绿肥红瘦[1]。

1 绿肥红瘦：指海棠经受风雨后变得红花稀少而碧叶繁茂。

怨王孙

反映家乡风物，语调轻快，声情掌握得很好。一作无名氏词。

湖上风来波浩渺。秋已暮、红稀香少。水光山色与人亲，说不尽、无穷好。

莲子已成荷叶老。清露洗、蘋（pín）[1]花汀草。眠沙鸥鹭不回头，似也恨、人归早。

1 蘋：即大萍，又称田字草。

点绛唇

描摹闺中少女的意态，十分生动。

蹴（cù）[1]罢秋千，起来慵整纤纤手。露浓花瘦。薄汗轻衣透。

见客入来，袜刬（chǎn）[2]金钗溜。和羞走。倚门回首。却把青梅嗅。

1　蹴：踏，这里指荡秋千。

2　袜刬：只穿着袜子走路。这里指看到外人慌忙中匆匆离去，不慎将鞋子跑掉。

晓梦

少女绮丽的神仙想象，有一点稚嫩，很像是初读乐府诗时的拟作。

晓梦随疏钟，飘然蹑云霞。
因缘安期生[1]，邂逅萼绿华[2]。
秋风正无赖[3]，吹尽玉井花。
共看藕如船，同食枣如瓜。
翩翩坐上客，意妙语亦佳。
嘲辞斗诡辨，活火分新茶。
虽非助帝功，其乐莫可涯。
人生能如此，何必归故家。
起来敛衣坐，掩耳厌喧哗。
心知不可见，念念犹咨嗟。

---

1 安期生：先秦时的方士。
2 萼绿华：传说中的仙女。
3 无赖：无可奈何。

浯溪中兴颂诗和张文潜

李清照十六七岁时，已有如此笔力，可见其接受的诗学教育颇为全面，与当时其他少年才子不相上下。

五十年功如电扫。华清宫柳咸阳草。
五坊供奉[1]斗鸡儿，酒肉堆中不知老。
胡兵忽自天上来。逆胡亦是奸雄才。
勤政楼前走胡马，珠翠踏尽香尘埃。
何为出战辄披靡[2]。传置荔枝多马死。
尧功舜德本如天，安用区区纪文字。
著碑铭德真陋哉。乃令神鬼磨山崖。
子仪光弼[3]不自猜。天心悔祸人心开。
夏商有鉴当深戒。简策汗青[4]今具在。
君不见当时张说最多机，虽生已被姚崇卖。

1　五坊供奉：管理五坊的官员。五坊为唐代饲养皇帝猎鹰猎犬的官署，有官员执掌。

2　披靡：军队溃败。

3　子仪光弼：郭子仪和李光弼，平定安史之乱的名将。

4　简策汗青：代指史书。

又和张文潜

君不见惊人兴废传天宝[1]。中兴碑上今生草。
不知负国有奸雄，但说成功尊国老[2]。
谁令妃子天上来。虢（guó）秦韩国[3]皆天才。
花桑羯（jié）鼓玉方响。[4]春风不敢生尘埃。
姓名谁复知安史。健儿猛将安眠死。
去天尺五抱瓮峰，峰头凿出开元字。
时移势去真可哀。奸人心魄深如崖。
西蜀万里尚能返，南内一闭何时开。
可怜孝德如天大。反使将军称好在。
呜呼，奴辈乃不能道辅国用事张后尊[5]，乃能念春荠长安作斤卖。

---

1 天宝：唐玄宗年号，唐王朝由盛转衰的时期。
2 国老：致仕退休的卿大夫，这里指平定安史之乱的郭子仪、李光弼。
3 虢秦韩国：指杨贵妃被封虢国、秦国、韩国夫人的三位姊妹。
4 花桑羯鼓玉方响：羯鼓、方响均为打击乐器，花桑一说即山桑木。
5 辅国用事张后尊：指唐肃宗时太监李辅国和张皇后把持朝政。

减字木兰花

初婚少妇在爱人面前的娇嗔。

卖花担上。买得一枝春[1]欲放。泪[2]染轻匀。犹带彤霞晓露痕。

怕郎猜道。奴[3]面不如花面好。云鬓斜簪。徒要教郎比并[4]看。

1 一枝春：一枝花。
2 泪：喻指形似眼泪的露珠。
3 奴：李清照自称。
4 比并：相比，唐宋时俗语。

青玉案

嫁入京城的少妇思念家乡。一作无名氏词。

一年春事都来[1]几。早过了三之二。绿暗红嫣浑可事[2]。绿杨庭院，暖风帘幕，有个人[3]憔悴。

买花载酒长安市。又争似家山[4]见桃李。不枉东风吹客泪。相思难表，梦魂无据，惟有归来是。

1 都来：算来。
2 可事：小事，宋代方言。
3 个人：这人，那人，这里是李清照自指。
4 家山：家乡。

党祸株连

（二十岁至二十三岁）

在最容易焦虑的青春年华，却落入了非常值得焦虑的处境

好事近

风定落花深，帘外拥红堆雪[1]。

春时节。

酒阑歌罢玉尊空，青缸[2]暗明

一声啼鴂(jué)[3]。

1 拥红堆雪：堆积的红、白花瓣。

2 青缸：指油灯。

3 啼鴂：即子规、杜鹃，也有人认为不是杜

里泛指催春之鸟。

一剪梅

李清照与爱人的第一次分离。恩爱夫妻被党祸拆散，一面是难舍的相思，一面是对未来的忧惧。

红藕香残玉簟秋。轻解[1]罗裳，独上兰舟。云中谁寄锦书来，雁字[2]回时，月满西楼。

花自飘零水自流。一种相思，两处闲愁。此情无计可消除，才下眉头，却上心头。

1 轻解：轻挽，轻提。

2 雁字：指雁行，因雁群在空中常常排成“一”或“人”字，故名。

南歌子

结婚不久，就逢离别，回到老家。Ⅱ
很远了。

天上星河转，人间帘幕垂
罗衣，聊问夜何其（jī）[1]。
翠贴莲蓬小，金销藕叶稀
情怀、不似旧家[3]时。

1　夜何其：夜已经到什么时候了？其，
2　“翠贴”二句：指衣物上绣的花纹。
3　旧家：从前。家为估量之辞。

行香子

草际鸣蛩（qióng）[1]。惊落梧桐。正人间天上愁浓。云阶月地，关锁千重。纵浮槎（chá）[2]来，浮槎去，不相逢。
星桥鹊驾，经年才见，想离情别恨难穷。牵牛织女，莫是离中。甚霎儿[3]晴，霎儿雨，霎儿风。

1　蛩：蟋蟀。
2　浮槎：传说中来往于海上和天河之间的木筏。
3　霎儿：一会儿。

转调满庭芳

这首词有缺字。或是回到娘家后回忆未嫁时生活之作。

芳草池塘，绿阴庭院，晚晴寒透窗纱。玉钩金锁，管是客来唦（shā）[1]。寂寞尊前席上，惟□□、海角天涯。能留否？酴醾（tú mí）[2]落尽，犹赖有□□。

当年、曾胜赏，生香薰袖，活火分茶。□□龙骄马，流水轻车[3]。不怕风狂雨骤，恰才称，煮酒残花。如今也，不成怀抱，得似旧时那？

---

1 唦：口语词，表语气，义同“啊”。

2 酴醾：本为酒名，因花的颜色近似，故以之名。

3 流水轻车：比喻习以为常的事情。

忆秦娥

《忆秦娥》词牌特有的清冷，有太白遗意。《忆秦娥》在上一代人手里还是当歌行来写的，在李清照手里才固定成小令的格式。说明李清照运用自己的乐府史研究成果，对词的传统做了改造。

临高阁。乱山平野[1]烟光薄。烟光薄。栖鸦归后，暮天闻角。

断香残酒情怀恶。西风催衬[2]梧桐落。梧桐落。又还秋色，又还寂寞。

1 平野：空旷的原野。

2 催衬：通“催趁”，催赶，催促，宋代口语。

念奴娇

李清照虽主张作婉约词，用字却力求新颖精到，在温柔敦厚之下显示出内在的力量。这是与她广泛吸收前代诗学成果的努力分不开的。

萧条庭院，又斜风细雨、重门须闭。宠柳娇花寒食近，种种恼人天气。险韵诗[1]成，扶头酒[2]醒，别是闲滋味。征鸿过尽，万千心事难寄。

楼上几日春寒，帘垂四面，玉阑干慵倚。被冷香消新梦觉，不许愁人不起。清露晨流，新桐初引[3]，多少游春意。日高烟敛，更看今日晴未。

---

1 险韵诗：用生僻难押的字为韵脚的诗。

2 扶头酒：古人的风俗，宿醉者第二天起来，要再喝一点淡酒，认为可以解酒。

3 初引：初长，初生。

点绛唇

寂寞深闺，柔肠一寸愁千缕。惜春春去，几点催花雨[1]。

倚遍阑干，只是无情绪。人何处。连天芳树。望断归来路。

1 催花雨：清明时节的雨。

浣溪沙

莫诉[1]杯深琥珀浓。未成沉醉意先融。疏钟已应晚来风。

瑞脑[2]香消魂梦断，辟寒金[3]小髻鬟松。醒时空对烛花红。

1　诉：辞诉，即辞酒不饮。“诉”，原误作“许”。

2　瑞脑：香料名，今称冰片。

3　辟寒金：指涂金的犀角簪梳。

鹧鸪天

一说此词为存疑之作。

枝上流莺和泪闻。新啼痕间旧啼痕。一春鱼鸟无消息，千里关山劳梦魂。

无一语，对芳樽。安排肠断到黄昏。甫能[1]炙得灯儿了，雨打梨花深闭门。

1 甫能：方才。

在这段日子里能让李清照写出佳作的动力，仍然是与赵明诚的别离

闺门多暇

（二十四岁至三十七岁）

满庭芳

闲居时，种下一株梅花。这不是女性情怀，而是追步何逊，是诗人的风雅。

小阁藏春，闲窗锁昼，画堂无限深幽。篆香[1]烧尽，日影下帘钩。手种江梅渐好，又何必、临水登楼。无人到，寂寥浑似，何逊[2]在扬州。

从来，知韵胜[3]，难堪雨藉[4]，不耐风揉。更谁家横笛[5]，吹动浓愁。莫恨香消雪减，须信道、扫迹情留。难言处、良宵淡月，疏影尚风流。

---

1 篆香：盘香。

2 何逊：南朝梁著名诗人。

3 韵胜：风韵胜过群花。

4 藉：通“躏”，践踏，欺凌。

5 横笛：指笛曲《落梅花》。

渔家傲

雪里已知春信至。寒梅点缀琼枝[1]腻。香脸半开娇旖旎。当庭际。玉人浴出新妆洗。[2]

造化可能偏有意。故教明月玲珑地。共赏金尊沉绿蚁[3]。莫辞醉。此花不与群花比。

1 琼枝：指如玉的梅枝。

2 玉人浴出新妆洗：形容梅花的娇柔之态。

3 绿蚁：指酒。

小重山

春到长门春草青。江梅些子[1]破，未开匀。碧玉笼碾玉成尘。留晓梦，惊破一瓯(ōu)云[2]。

花影压重门。疏帘铺淡月，好黄昏。二年三度负东君。归来也，着意[3]过今春。

---

1 些子：一点。

2 一瓯云：指一盏茶。

3 着意：注重，宋代方言。

玉楼春

红酥[1]肯放琼苞碎。探着南枝开遍未。不知蕴藉[2]几多香，但见包藏无限意。

道人[3]憔悴春窗底。闷损阑干愁不倚。要来[4]小酌便来休，未必明朝风不起。

1 红酥：胭脂之类的化妆品，这里形容红梅的颜色。

2 蕴藉：酝酿。

3 道人：知人。道，即知道、知觉。

4 要来：邀来。要，通“邀”。

菩萨蛮

风柔日薄春犹早。夹衫[1]乍着[2]心情好。睡起觉微寒。梅花鬓上残。

故乡何处是。忘了除非醉。沉水[3]卧时烧。香消酒未消。

---

1 夹衫：即夹衣，双层衣服。

2 乍着：即初着，刚刚穿上。

3 沉水：香料，即沉香。

浣溪沙

淡荡[1]春光寒食天。玉炉沉水袅残烟。梦回山枕隐花钿（diàn）[2]。

海燕未来人斗草，江梅已过柳生绵。黄昏疏雨湿秋千。

1 淡荡：和煦。

2 花钿：珠宝制成的花形首饰。

浣溪沙

闲适的闺中生活，淡淡的哀伤，终日无人的寂寞，文士的风雅与萧散，加上一点点女性的柔美，构成了李清照词的典型意境。

髻子伤春懒更梳。晚风庭院落梅初[1]。淡云来往月疏疏。

玉鸭熏炉闲瑞脑[2]，朱樱斗帐掩流苏。遗犀[3]还解辟寒无。

1 落梅初：指暮春时节。

2 瑞脑：香料名。

3 遗犀：指帐子上的镇帷犀。

殢[1]人娇

一作无名氏词。

玉瘦[2]香浓，檀深[3]雪散。今年恨、探梅又晚。江楼楚馆，云闲水远。清昼永，凭栏翠帘低卷。

坐上客来，尊前酒满。歌声共、水流云断。南枝可插，更须频剪。莫直待西楼、数声羌管。

---

1 殢：纠缠。
2 玉瘦：指白梅开始凋谢。
3 檀深：指檀香梅。

丑奴儿

疑为康与之词。

晚来一阵风兼雨，洗尽炎光。理罢笙簧[1]。却对菱花[2]淡淡妆。

绛绡[3]缕薄冰肌莹，雪腻酥香。笑语檀郎[4]。今夜纱厨[5]枕簟凉。

---

1 簧：笙中的簧片。
2 菱花：指镜子。
3 绛绡：深红色薄绸。
4 檀郎：对丈夫或情人的爱称。
5 纱厨：纱帐。

鹧鸪天

暗淡轻黄体性柔。情疏迹远[1]只香留。何须浅碧轻红色，自是花中第一流。

梅定妒，菊应羞。画栏开处冠中秋。骚人可煞[2]无情思，何事当年不见收。

---

1 情疏迹远：指桂花幽香飘至远处。

2 可煞：疑问词，可是，是不是。

摊破浣溪沙

揉破黄金万点轻。剪成碧玉叶层层。风度精神如彦辅[1]，大[2]鲜明。

梅蕊重重何俗甚，丁香千结苦麄(cū)[3]生。熏透愁人千里梦，却无情。

---

1 彦辅：晋朝乐广，比喻桂花的清高。

2 大：通“太”。

3 麄：同“粗”。

庆清朝慢

禁幄[1]低张，彤栏巧护，就中独占残春。容华淡伫，绰约俱见天真。待得群花过后，一番风露晓妆新。妖娆艳态，妒风笑月，长殢东君。

东城边、南陌上，正日烘池馆，竞走香轮。绮筵散日，谁人可继芳尘。更好明光宫殿，几枝先近日边[2]匀。金尊倒，拚(pàn)[3]了尽烛，不管黄昏。

---

1 禁幄：禁苑中张设的帷幄。
2 日边：指皇帝身边。
3 拚：舍弃，不顾。

多丽

小楼寒，夜长帘幕低垂。恨萧萧、无情风雨，夜来揉损琼肌。也不似、贵妃醉脸，也不似、孙寿[1]愁眉。韩令[2]偷香，徐娘[3]傅粉，莫将比拟未新奇。细看取，屈平陶令，风韵正相宜。微风起，清芬酝藉，不减酴醿。

渐秋阑、雪清玉瘦，向人无限依依。似愁凝、汉皋解佩[4]，似泪洒、纨(wán)扇题诗[5]。朗月清风，浓烟暗雨，天教憔悴度芳姿。纵爱惜，不知从此，留得几多时。人情好，何须更忆，泽畔东篱[6]。

---

1 孙寿：东汉梁冀妻，《后汉书》记载她“色美而善为妖态”。

2 韩令：指西晋韩寿，《晋书》说他“美姿貌，善容止”。

3 徐娘：指梁元帝之徐妃。

4 汉皋解佩：指郑交甫在汉江遇游女解佩相赠的典故。

5 纨扇题诗：指班婕妤遭冷遇作《怨歌行》的典故。

6 泽畔东篱：喻指残菊。

新荷叶

薄露初零，长宵共、永昼分停[1]。绕水楼台，高耸万丈蓬瀛。芝兰[2]为寿，相辉映，簪笏[3]盈庭。花柔玉净，捧觞别有娉婷。

鹤瘦松青，精神与、秋月争明。德行文章，素驰日下声名。东山高蹈，虽卿相、不足为荣。安石[4]须起，要苏天下苍生。

1 分停：即停分、平分。
2 芝兰：喻指优秀子弟。
3 簪笏：喻指官宦。
4 安石：指谢安，字安石。

浣溪沙

或为无名氏作。

绣面芙蓉一笑开。斜飞宝鸭[1]衬香腮。眼波才动被人猜。

一面风情深有韵，半笺娇恨寄幽怀。月移花影约重来。

1 宝鸭：鸭形香炉。

浪淘沙

一作赵子发词。

素约[1]小腰身。不奈伤春。疏梅影下晚妆新。袅袅娉娉[2]何样似，一缕轻云。

歌巧动朱唇。字字娇嗔。桃花深径一通津。怅望瑶台清夜月，还送归轮[3]。

1 素约：指腰身苗条。

2 袅袅娉娉：轻盈美好貌。

3 归轮：指将要西沉的月亮。

醉花阴

优雅而又多情的仕女形象。末句的比较更是奇思妙想。李清照的佳作，多是离别催生的。

薄雾浓云愁永昼。瑞脑销金兽[1]。佳节又重阳，玉枕纱橱[2]，半夜凉初透。

东篱把酒黄昏后。有暗香盈袖。莫道不销魂，帘卷西风，人比黄花瘦。

1　金兽：金属制成的兽形香炉。

2　纱橱：纱帐。

离怀别苦

（三十八岁至四十二岁）

人生中第二次与赵明诚分离

凤凰台上忆吹箫

这首长调却不走婉约一路，尽情地书写离怀别苦，无所顾忌。

香冷金猊[1]，被翻红浪[2]，起来慵自梳头。任宝奁尘满，日上帘钩。生怕离怀别苦，多少事、欲说还休。新来[3]瘦，非干病酒，不是悲秋。

休休[4]。这回去也，千万遍阳关，也则难留。念武陵人远，烟锁秦楼。惟有楼前流水，应念我、终日凝眸。凝眸处，从今又添，一段新愁。

1　金猊：金属制成的狻猊形香炉。

2　被翻红浪：指锦被散乱如波浪起伏。

3　新来：近来。

4　休休：罢了。

诉衷情

夜来[1]沉醉卸妆迟。梅萼插残枝。酒醒熏破春睡，梦远不成归。

人悄悄，月依依。翠帘垂。更挼(ruó)[2]残蕊，更撚(niǎn)[3]余香，更得些时。

1 夜来：指昨夜。
2 挼：揉搓。
3 撚：手捏。

青玉案

征鞍不见邯郸路。莫便匆匆归去。秋风萧条何以度。明窗小酌，暗灯清话，最好留连处。

相逢各自伤迟暮。犹把新词诵奇句。盐絮家风[1]人所许。如今憔悴，但余双泪，一似黄梅雨。

---

1 盐絮家风：指家有文化传统。

怨王孙

梦断漏悄[1]。愁浓酒恼。宝枕生寒，翠屏向晓。门外谁扫残红。夜来风。

玉箫声断人何处。春又去。忍把归期负。此情此恨此际，拟托行云。问东君[2]。

1 漏悄：滴漏声寂静。

2 东君：春神。

怨王孙

帝里[1]春晚。重门深院。草绿阶前，暮天雁断。楼上远信谁传。恨绵绵。

多情自是多沾惹[2]。难拚舍。又是寒食也。秋千巷陌人静，皎月初斜。浸梨花。

---

1 帝里：京城。

2 沾惹：招惹，招引。

浣溪沙

小院闲窗春色深。重帘未卷影沉沉[1]，倚楼无语理瑶琴。

远岫（xiù）[2]出云催薄暮，细风吹雨弄轻阴。梨花欲谢恐难禁。

1 沉沉：深邃悠远貌。

2 远岫：远山。

生查子

又作朱淑真词。

年年玉镜台，梅蕊宫妆困。今岁未还家，怕见江南信[1]。

酒从别后疏，泪向愁中尽。遥想楚云[2]深，人远天涯近。

1 江南信：这里代指梅花，怕见梅花，因其容易引动愁思。

2 楚云：即江南之云，这里指对南方亲人的思念。

木兰花令

沉水香消人悄悄。楼上朝来寒料峭[1]。春生南浦水微波，雪满东山风未扫。

金尊莫诉[2]连壶倒。卷起重帘留晚照。为君欲去更凭栏，人意不如山色好。

1 料峭：微寒。

2 莫诉：不要推辞，这里是劝酒词。

浪淘沙

疑为无名氏词。

帘外五更风。吹梦无踪。画楼重上与谁同。记得玉钗斜拨火，宝篆[1]成空。

回首紫金峰。雨润烟浓。一江春浪醉醒中。留得罗襟前日泪，弹与征鸿。

1　宝篆：篆香。因其焚烧时烟如篆状，故名。

蝶恋花

去莱州追随赵明诚的途中，住在驿站的体验。写给家乡的姐妹。

泪揾（wèn）[1]征衣脂粉暖。四叠阳关，唱到千千遍。人道山长山又断。萧萧微雨闻孤馆。

惜别伤离方寸乱[2]。忘了临行，酒盏深和浅。好把音书凭过雁。东莱不似蓬莱远。

---

1 揾：擦拭。

2 方寸乱：指心绪烦乱。

感怀

宣和辛丑八月十日到莱，独坐一室，平生所见，皆不在目前。几上有《礼韵》[1]，因信手开之，约以所开为韵作诗。偶得“子”字，因以为韵，作感怀诗云。

寒窗败几无书史。公路[2]可怜合至此。
青州从事[3]孔方君[4]，终日纷纷喜生事。
作诗谢绝聊闭门，燕寝[5]凝香有佳思。
静中我乃得至交，乌有先生子虚子。[6]

---

1 礼韵：指《礼部韵略》。
2 公路：袁术，字公路。这里用袁术比喻初到青州的窘境。
3 青州从事：指酒。
4 孔方君：指钱。
5 燕寝：这里指莱州官署。
6 乌有先生子虚子：乌有先生和子虚子都是司马相如赋作中虚构的人物。

南渡孀居

（四十三岁至七十三岁）

晚年达到了新的创作高峰

乌江

国难当头，笔力不得不雄健起来。
以项羽的过江牵合眼前的过江。另外，以出自不同典籍的“人杰”“鬼雄”作对，也很巧妙，体现了宋诗的用典艺术。

生当作人杰[1]，
死亦为鬼雄[2]。
至今思项羽，
不肯过江东。

1　人杰：杰出人物。语出王勃《滕王阁序》。
2　鬼雄：鬼魂中的英雄。语出《九歌·国殇》。

咏史

前首咏过江，此首咏皇室继承问题。

两汉本继绍，[1]
新室[2]如赘疣[3]。
所以嵇中散[4]，
至死薄[5]殷周。

---

1 两汉本继绍：西汉和东汉是同姓，是继承关系。绍，继承。
2 新室：指王莽政权。
3 赘疣：肉瘤，比喻无用累赘之物。
4 嵇中散：即嵇康，曾任中散大夫。
5 薄：鄙薄。

渔家傲

意象奇肆，不减李贺。换头处沉郁悲凉，又似杜甫。

天接云涛连晓雾。星河欲转千帆舞。仿佛梦魂归帝所[1]。闻天语。殷勤问我归何处。

我报路长嗟日暮。学诗谩有惊人句。九万里风鹏正举。风休住。蓬舟[2]吹取三山去。

1 帝所：天帝居所。

2 蓬舟：轻如飞蓬的舟船。

春残

思乡，卧病，似是临安病中作。中晚唐兴起、流行于宋代的日记体七绝，注重对现实生活的细微体察。

春残何事苦思乡。病里梳头恨最长。
梁燕[1]语多终日在，蔷薇风细一帘香。

1　梁燕：梁上的燕子。

摊破浣溪沙

临安病起之作，换头二句为名句。

病起萧萧两鬓华。卧看残月上窗纱。豆蔻连梢煎熟水，莫分茶[1]。

枕上诗书闲处好，门前风景雨来佳。终日向人多酝藉[2]，木樨花。

1 分茶：即品茶。宋代的分茶形成了复杂的文化。此处指饮茶。

2 酝藉：含蓄。

上枢密韩肖胄诗

绍兴癸丑五月，枢密韩公、工部尚书胡公使虏，通两宫[1]也。有易安室者，父祖皆出韩公门下，今家世沦替，子姓寒微，不敢望公之车尘。又贫病，但神明[2]未衰落。见此大号令，不能忘言，作古、律诗各一章，以寄区区之意，以待采诗者云。

三年夏六月，天子视朝久。
凝旒（liú）[3]望南云[4]，垂衣思北狩[5]。
如闻帝曰咨，岳牧与群后[6]。
贤宁无半千[7]，运已遇阳九[8]。
勿勒燕然铭，勿种金城柳。

---

1 两宫：指被金人俘虏的宋徽宗和宋钦宗。
2 神明：精神，神智。
3 凝旒：指皇帝端坐凝视。
4 望南云：指思亲。
5 北狩：被俘虏的婉辞。
6 岳牧与群后：这里指群臣。
7 半千：指唐代贤臣员半千。
8 阳九：指厄运。

岂无纯孝臣，识此霜露悲。

何必舍羹肉，便可载车脂。

土地非所惜，玉帛如尘泥。

谁可当将命，币厚辞益卑。

四岳佥(qiān)曰俞[1]，臣下帝所知。

中朝第一人，春官有昌黎。[2]

身为百夫特[3]，行足万人师。

嘉祐与建中，为政有皋夔(gāo kuí)[4]。

匈奴畏王商[5]，吐蕃尊子仪。

夷狄已破胆，将命公所宜。

公拜手稽首，受命白玉墀。

曰臣敢辞难，此亦何等时。

家人安足谋，妻子不必辞。

愿奉天地灵，愿奉宗庙威。

1　佥曰俞：佥曰，皆曰、都说。俞，允许、允诺。

2　春官有昌黎：指卒赠礼部尚书的韩愈。

3　百夫特：指杰出人物。

4　皋夔：舜时的两位官员，喻指贤臣，这里指韩肖胄的祖先韩琦和韩忠彦，他们分别在嘉祐和建中靖国年间为相。

5　王商：汉成帝时的丞相，有威仪，曾令来朝的匈奴单于害怕。

径持紫泥诏，直入黄龙城。
单于定稽颡，侍子当来迎。
仁君方恃信，狂生休请缨。
或取犬马血，与结天日盟。
胡公清德人所难。谋同德协必志安。
脱衣已被汉恩暖，离歌不道易水寒。
皇天久阴后土湿。雨势未回风势急。
车声辚辚马萧萧，壮士懦夫俱感泣。
闾（lǘ）阎（lí）嫠妇[1]亦何知，沥血投书干记室。
夷虏从来性虎狼。不虞预备庸何伤。
衷甲昔时闻楚幕，乘城[2]前日记平凉。
葵丘践土非荒城。勿轻谈士弃儒生。
露布[3]词成马犹倚，崤函关出鸡未鸣。
巧匠何曾弃樗栎。刍（chú）荛（ráo）之言[4]或有益。
不乞隋珠与和璧，只乞乡关新信息。

---

1 闾阎嫠妇：李清照自称。闾阎，泛指民间；嫠妇，寡妇。
2 乘城：登城，即坚守城池。
3 露布：不缄封的文书，也就是公布文书。
4 刍荛之言：谦辞，指普通百姓的浅陋之言。

灵光虽在应萧萧，草中翁仲[1]今何若。
遗氓岂尚种桑麻，残虏如闻保城郭。
畟家父祖生齐鲁。位下名高人比数[2]。
当时稷下纵谈时，犹记人挥汗成雨。
子孙南渡今几年，飘流遂与流人伍。
欲将血泪寄山河，去洒东山一抔(póu)土[3]。

1 翁仲：这里指墓前石人。
2 人比数：与人名位相等。
3 一抔土：一捧土。

又上枢密韩肖胄诗

想见皇华[1]过二京。壶浆夹道万人迎。[2]
连昌宫里桃应在，华萼楼前鹊定惊。[3]
但说帝心怜赤子，须知天意念苍生。
圣君大信明如日，长乱[4]何须在屡盟。

---

1 皇华：称颂使节的说法。
2 壶浆夹道万人迎：指中原人民踊跃劳军。
3 连昌宫、华萼楼：都是唐代宫殿。
4 长乱：滋生动乱。

分得知字

分题限韵，是文人学士的作风。或是作于某次诗会雅集，是李清照晚年参加此类活动的证明。

学语三十年，

jiān

缄口[1]不求知。

谁遣好奇士，

相逢说项斯[2]。

1　缄口：闭口不语，指慎言。

2　说项斯：指说好话。典出唐代杨敬之《赠项斯》："平生不解藏人善，到处逢人说项斯。"

武陵春

晚年孀居寂寞，对生活已经提不起兴趣。这是李清照与爱人永诀后的作品。

风住尘香花已尽，日晚倦梳头。物是人非事事休，欲语泪先流。

闻说双溪春尚好，也拟泛轻舟。只恐双溪舴艋（zé měng）[1]舟，载不动、许多愁。

1 舴艋舟：小船，两头尖如蚱蜢。

钓台

像男性士人一样登临游览，写怀古诗。

巨舰只缘因利往，
扁舟亦是为名来。
往来有愧先生[1]德，
特地[2]通宵过钓台。

1 先生：指东汉著名隐士严子陵。
2 特地：特意，唐宋时方言。

题八咏楼

千古风流八咏楼[1]。
江山留与后人愁。
水通南国三千里，
气压江城十四州。

1　八咏楼：浙江金华的名胜。

皇帝阁端午帖子

担负起翰林学士的责任。

日月尧天[1]大，
璇玑[2]舜历长。
侧闻[3]行殿帐，
多集上书囊。

1 尧天：这里称颂宋高宗的盛德与太平盛世。
2 璇玑：观测天体的仪器。
3 侧闻：谦辞，从一旁闻知。

皇后阁端午帖子

意帖[1]初宜夏，

金驹已过蚕。[2]

至尊千万寿，

行见百斯男[3]。

1 意帖：按自己的标准评判帖子词的优劣。

2 金驹已过蚕：指时光已经过了养蚕时节。

3 百斯男：指多子。

夫人阁端午帖子

三宫[1]催解粽[2]，

妆罢未天明。

便面天题字，[3]

歌头御赐名。[4]

---

1 三宫：指后宫。

2 解粽：一种游戏，解开粽子比赛谁的粽叶长。

3 便面天题字：指皇帝为扇面题字。

4 歌头御赐名：指皇帝为新曲赐名。

皇帝阁春帖子

莫进黄金簟[1]，
新除玉局床[2]。
春风送庭燎[3]，
不复用沉香。

1 黄金簟：用金丝编成的席子。
2 玉局床：玉制曲脚床。
3 庭燎：庭院中照明的火炬。

贵妃阁春帖子

金环[1]半后礼[2]，

钩弋(yì)[3]比昭阳。

春生百子帐，

喜入万年觞。

---

1 金环：后妃进御以及妊娠所戴的标志物。

2 半后礼：享受皇后礼遇的一半。

3 钩弋：这里用汉武帝宠妃赵氏的典故，她因居钩弋宫而被称为钩弋夫人。

长寿乐 南昌生日

微寒应候。望日边、六叶阶蓂初秀。[1]爱景[2]欲挂扶桑，漏残银箭，杓(biāo)回摇斗。[3]庆高闳(hóng)[4]此际，掌上一颗明珠剖。有令容淑质，归[5]逢佳偶。到如今，昼锦[6]满堂贵胄。

荣耀，文步紫禁，一一金章绿绶[7]。更值棠棣连阴[8]，虎符熊轼[9]，夹河分守。况青云咫尺，朝暮重入承明后。[10]看彩衣争献[11]，兰羞玉酎。祝千龄，借指松椿比寿[12]。

---

1 望日边、六叶阶蓂初秀：这里指寿词描写对象文氏初冬月初六日生于京城。
2 爱景：指冬日。
3 杓回摇斗：指斗柄北指，天下将冬。
4 高闳：高门，指贵族。
5 归：女子出嫁。
6 昼锦：文氏是韩肖胄之母，韩肖胄曾祖韩琦曾在相州作昼锦堂。
7 金章绿绶：绿色绶带的金印，泛指高官。
8 棠棣连阴：指韩肖胄兄弟亲族都能分得君上恩宠。
9 虎符熊轼：代指公卿及郡守这类官职。
10 朝暮重入承明后：指早晚能朝见帝王。
11 彩衣争献：用老莱子娱亲的典故，指韩肖胄的孝顺非常出名。
12 松椿比寿：和松树、椿树一样长寿。

偶成

十五年前，当是在青州赌书泼茶时。

十五年前花月底，
相从曾赋赏花诗[1]。
今看花月浑相似，
安得情怀似昔时。

1　赏花诗：当指李清照夫妇屏居青州时多有吟咏花卉的诗作。

菩萨蛮

归鸿声断残云碧。背窗[1]雪落炉烟直。烛底凤钗明。
钗头人胜[2]轻。
角声催晓漏。曙色回牛斗。春意看花难。西风留
旧寒。

1 背窗：身后的窗子。
2 人胜：人形的饰物。

蝶恋花

暖雨晴风初破冻。柳眼[1]梅腮，已觉春心动。酒意诗情谁与共。泪融残粉花钿重。

乍试夹衫金缕缝。山枕斜攲[2]，枕损钗头凤。独抱浓愁无好梦。夜阑犹剪灯花弄。

---

1 柳眼：指柳叶初生时形状如眼。

2 斜攲：斜着。指斜靠着。

临江仙

用前人《蝶恋花》入韵句，作《临江仙》首句，新鲜的玩法。李清照对这句印象格外深，也是因为这句切合她的心境，可以作为她一生词作的总括。

欧阳公作《蝶恋花》，有“深深深几许”之语，予酷爱之。用其语作“庭院深深”数阕。其声即旧《临江仙》也。

庭院深深深几许，云窗雾阁常扃。柳梢梅萼渐分明。春归秣（mò）陵[1]树，人客建康城。

感月吟风多少事，如今老去无成。谁怜憔悴更凋零。试灯[2]无意思，踏雪没心情。

---

1 秣陵：今江苏南京。

2 试灯：指未到元宵节而张灯预赏。

临江仙

此首一作曾子宣妻词，或为其拟作。

庭院深深深几许，云窗雾阁春迟。为谁憔悴损芳姿。夜来清梦好，应是发南枝。

玉瘦檀轻[1]无限恨，南楼羌管休吹。浓香吹尽有谁知。暖风迟日[2]也，别到杏花肥。

1 玉瘦檀轻：喻指梅花开始凋谢。

2 迟日：日行迟缓，指春日渐长。

鹧鸪天

寒日萧萧上锁窗[1]。梧桐应恨夜来霜。酒阑更喜团茶[2]苦，梦断偏宜瑞脑香。

秋已尽，日犹长。仲宣[3]怀远更凄凉。不如随分[4]尊前醉，莫负东篱菊蕊黄。

---

1 锁窗：雕镂有连琐花纹的窗棂。锁，通“琐”。

2 团茶：指茶饼。

3 仲宣：王粲，字仲宣，三国时魏国诗人。

4 随分：随意，随便。

孤雁儿

至此已经是在咏南方的梅了。表现的是李清照晚年生活的经典场面。爱人已去世，词人陷入了永远的孤寂。

世人作梅词，下笔便俗。予试作一篇，乃知前言不妄耳。

藤床纸帐朝眠起。说不尽、无佳思。沉香断续玉炉寒，伴我情怀如水。笛声三弄[1]，梅心惊破，多少春情意。

小风疏雨萧萧地。又催下、千行泪。吹箫人去玉楼空，[2]肠断与谁同倚。一枝折得，人间天上，没个人堪寄。

1 笛声三弄：指笛曲《梅花三弄》。

2 吹箫人去玉楼空：喻指赵明诚已逝。

清平乐

北方的梅与南方的梅，幸福时光的赏梅与孤寂晚年的赏梅。

年年雪里。常插梅花醉。挼(ruó)[1]尽梅花无好意。赢得满衣清泪。

今年海角天涯。萧萧两鬓生华。看取[2]晚来风势，故应难看梅花。

---

1 挼：揉搓。

2 看取：试看。取，语助词。

添字丑奴儿

窗前谁种芭蕉树，阴满中庭。阴满中庭。叶叶心心，舒展有余情。

伤心枕上三更雨，点滴凄清。点滴凄清。愁损北人，不惯起来听。

永遇乐

《永遇乐》是适合铺叙的词牌。此词赋写晚年凄凉心境，为此调典型例词之一。

落日镕金，暮云合璧，人在何处。染柳烟浓，吹梅笛怨，春意知几许。元宵佳节，融和[1]天气，次第[2]岂无风雨。来相召，香车宝马，谢他酒朋诗侣。

中州盛日[3]，闺门多暇，记得偏重三五[4]。铺翠[5]冠儿，撚金[6]雪柳[7]，簇带[8]争济楚[9]。如今憔悴，风鬟霜鬓，怕见[10]夜间出去。不如向，帘儿底下，听人笑语。

---

1 融和：温暖。
2 次第：接着，转眼。
3 中州盛日：指北宋汴京承平繁盛之时。
4 三五：指正月十五。
5 铺翠：用翠羽或翡翠装饰帽子。
6 撚金：用金线捻丝作装饰。
7 雪柳：绢或纸制成的头花，宋代妇女会在元宵节插戴。
8 簇带：宋代口语。簇，丛聚貌。带，通“戴”。
9 济楚：宋代口语，整洁，美好。
10 怕见：怕得，懒得。

图书在版编目（CIP）数据

李清照集 /（宋）李清照著 ；张一南编校. -- 济南：山东文艺出版社，2021.1
ISBN 978-7-5329-6085-9

Ⅰ. ①李… Ⅱ. ①李… ②张… Ⅲ. ①中国文学－古典文学－作品综合集－南宋 Ⅳ. ①I214.422

中国版本图书馆 CIP 数据核字（2020）第 224651 号

李清照集

LI QINGZHAO JI

〔宋〕李清照 著　张一南 编校

责任编辑 李玉玲　**特约编辑** 来佳音

主管单位 山东出版传媒股份有限公司
出版发行 山东文艺出版社
社　　址 山东省济南市英雄山路 189 号
邮　　编 250002
网　　址 www.sdwypress.com

读者服务 0531-82098776（总编室）
0531-82098775（市场营销部）
电子邮箱 sdwy@sdpress.com.cn

印　　刷 北京盛通印刷股份有限公司
开　　本 787mm×1092mm　1/32
印　　张 3.75
字　　数 64 千字
版　　次 2021 年 1 月第 1 版
印　　次 2021 年 1 月第 1 次印刷
书　　号 ISBN 978-7-5329-6085-9
定　　价 36.00 元